嵐のまえぶれ

東風平恵典詩集

嵐のまえぶれ　目次

目次

Ⅱ

表紙絵　比嘉加津夫

I

嵐のまえぶれ

いつものように深夜に起きて
窓から外を見つめていると
闇が裂けて
閃光が三度走った
「あっ稲妻だ」
生まれたての子猫が死んでしまうように
あっという間にさっていく魂の軌跡

一度目は０・２秒　二度目は０・４秒　三度目は０・６秒
こころが疼く
あれは昨夜だったか
一昨夜だったか
稲妻がわたしの瞼を襲う夢を見たとおもったが
それがほんとうに夢だったのか
現実だったのか
どうしても思い出せない
一昨夜はカザンミで泊まったから
早朝は小鳥のさえずりが聞こえたはずだが
キオクは空白

いまは唯ひたすら窓辺に腰掛け
闇を裂く稲妻を待っている
待っている　稲妻の軌跡
稲妻はもう走らない
夜が白々と明けていき
やがて空は朱のいろに染まり
「嵐が来るぞ」来るぞ　来るぞ
「おはよう日本」ははやくも台風情報をやっている
情報は見なくても
かぜの規模はわかるさ
少年のころからさんざんな目にあっているから

三十五メートルの台風だったら窓さえ閉めない
今度の台風には恐い思いをするだろう

風呂場へいき鏡を覗き込む
貌が凹面になっている
嵐の前は貌まで歪む
きょうは緑濃き風景だって歪んで見えるにちがいない
あの夏の日の燃える野が　海が懐かしい

カザンミ　カザンミ　カザンミ
まだ穏やかな陽射しが縁側に射している

わたしはこころが騒ぐ
庭に出てシャカトウの実を数えていると
いとおしくなってくる
なってくる　シャカトウが
クロキはだいじょうぶだろう
イヌマキもまあまあだ
クロトンは危うい
ばななは駄目だろう
今年の夏はマンゴーも実をつけなかった

カップめんをどっさり買いこんできた連れは

ひときわ陽気である　鼻歌すら聞こえてくる
「妖気？」と呟く
突然電話が鳴り出す
北国に住む娘からだ
（台風だいじょうぶ？）
連れはいちだんとおおきな声で笑いながら
「だいじょうぶよ」と答えている
耳鳴りがする　（だいじょうぶ？）
耳鳴りは　**（だいじょうぶ？）**
だんだん　**（大丈夫？）**
大きくなってくる　**（ダ・イ・ジョウブ？）**

洞性頻脈のわたしは脈拍１７０を越えているだろう　超大型だから
おそろしい目にあうにちがいないと
蒼ざめた顔で
壁の隙間を探す
晩　地方局も台風警報を伝える
「十四号宮古島を直撃、七十メートルを越える予想」
さすがに　連れも青ざめた妖気な貌になる
深夜痛飲して寝ていると
連れが「コワイヨー」「コワイヨー」と幼児のように
胸に縋りついてくる

「おれがいるからだいじょうぶさ」というわけにもいかず
二人だきあって　朝を待つ

＊

ぼくは東京に行くと亡霊になる。

道行くひともみな亡霊のように泳ぐように歩いている。

よく見るとどの顔にも表情がない。それに　ゆれる　ゆれている。

ぼくも人波にもまれてもがいてゆっくりとゆれている。

ここは重力のない街にちがいない、足で地面を踏ん張ることが出来ないのはきっとそのせいだとおもいながら歩いていると　「このオイボレ　先に行くよ」と言い残しツレはさっさと歩いていってしまう。ツレの一言でこれはなにかのトリックにちがいない重力のない街なんてありえないと思い直し腕を振って歩くことにする。やっとの思いで人群から逃れて前方に若者と談笑しているツレを発見。こっちを振り向いて手を振っている。

ジャーニー

連れは見知らぬ街に行くといつも笑っていた。オワリナキタビに出ようとかっこいいことを言い合ってここまで来たのだが、年中なつの南国でうまれ育ったわたしにはこの寒さが身に堪える。雪を見るのも初めてだから、嬉しいにはちがいないが、東北や北海道ともちがう、しめった雪が降り続け零下十度、おしっこさえ凍ってしまう。朝から降り続いた雪がふりやむと、いちだんと寒さが厳しい。凍りつく街路、凍りつく家々、凍りつく町、凍りつく村、凍りつく野、凍りつく川。

それに歩く歩く、その距離はナハから宮古までの三百キロメートル。娘とふたりで「世界で一番寒い国」を読んで、いつかそこまで行こうねと約束していたのは二十三年前のことだった。その娘も北国を選んでそこに住みついた。ここはどこだろう？　どこだろう？　わたしが呟くと連れは笑い転げた。

それに方向音痴のわたしはいつも不安になる。

ここはどういう街だろう？　町だろうか、村だろうか。日本大使館にＴＥＬすると三好というひとが出てきて街の名前も知らないでタビに出るのは非常識、それにことばぐらいは勉強してからくるものだと叱られる。それでも初めての土地はやっぱり嬉しいがどこのステーションに行けば、ホテルに無事にかえれるだろうか？　キニシナイ、気にしない、疲れたら人の家でとまればいいと連れはいう。

そしてよく笑った。連れは流ちょうな外国語で通りすがりの人に話しかけている。と思ったらよく聞くと手振り身振りで、日本語で話している。通ずるらしいからフシギ。向こうから白髪の老人と若い子が手を繋いでやってくる。ボンジュウルといったのか、グウテンといったのか。たしか祖父と孫にちがいないが。なかなかいい風景だなとしみじみとする。側はずうっと川が続いている。はじめて川をみる連れは「この川はなんというの?」と日本語できいている。「ウエルチ?」

「ワット? ワット?」たしかに異国に来ていると実感する。孫が笑っている。

老人だけが、懸命になにか言っているが

あなたは日本語はダメ? と連れも必死である。

隣の町といっても十キロは離れている。歩きくたびれてやっと人家にたどり着く。

もってきた宮古そばを出して、こうやってああやってお湯をいれてと身振りで連れがいうとO・K、一泊とめてくれた。北のひとは温かい南にあこがれ、南のひとは北に憧れる。その中間はないのかもしれないと娘にメールを送信する。

星屑

深夜に流れる南島の星屑はエロテックで美しい。
放物線を描くからフシギである。
ツレがいない一ヶ月間、わたしは深夜になると空をぼんやり眺めていた。
三日おきか七日おきにはいつも星屑が降った。
わたしは幼少のころから、奇妙な性癖があって、
偶数は悪い予兆があり、奇数はいいことがあるにちがいないと思うようになって、
年とともにひどくなり、

ＴＶの音声まで奇数にしないと気が済まない。
ウオーキングでさえ三歩あるいて三と数え、五歩歩いて五と数えるぐらいだから
もうこれは宗教にちかい。
遠い祖先からの教えが無意識に身に付いたのかもしれない。
ツレはこんなわたしを老人性痴呆のはじまりだといっていつも笑う。
北国でもきっとわらっているにちがいない。
ロウジンセイチホウと呟いて星空を眺めて、
星屑が降ると、今日も生きていけると思う。
人のいのちもあっというまに去っていく。
しかし今日が生きられればいいとひとり夢想にふけっていると、
けたたましく電話がなる。遠い北国でゆいちゃんが生まれた。

いつものように連れの笑い声が続く。母子共に健全。

ふみちゃんがとても歓んでいるよと何度も何度もくりかえす。

娘の姑でさえ、ツレにいわせると「ふみちゃん」である。

稲妻のように、去って往く者。新しい息吹を与える者。

わたしももう少しだけ生きていけるかも知れない。

夜が明けても興奮がおさまらないので、自転車で田舎屋に行き事情を話すとすべて半額にしてくれた。泡盛と食べ物をどっさり買って、五十分自転車をこいで下地町の海辺へといそぐ。海の上にかかっている橋、蒼穹へ吸い込まれる橋をわたってクリマ島へいき、海辺でごちそうを並べて、
泡盛を飲み飲み大きな声でウェルカム！ウェルカム！　と叫ぶ。

白紙のようなものがカサカサ舞い上がり、集まってくる。

とおもったら、海鳥たちである。

海鳥たちが飛んで集まってくる。

この島の海鳥たちは、人がいても、平気である。それとも孫の誕生を祝福するために来てくれたのだろうか。五十メートルぐらいはなれて、釣りをやっていたカップルが「おじさんいい気分ですね」といって近づいてくる。

話をすると、そういうことなら一緒に飲もうじゃないですか。東京からきたフジハラですといって泡盛をくみ交わす。隣で農作業をしていた男女も、どうしたの、やけに気分よさそうでないのといって近づいてくる。そういうおめでたい話なら、じぶんが三線と酒をもってくるよといって、帰ったかと思ったら一分もしないで戻ってくる。五名で酒宴がはじまる。五十がらみの吉原さんの三線と歌も始まる。

「トウガニあやぐ」を美声で歌う。わたしは民謡は駄目だけれども、なんとか方

言で歌い返す。これほど楽しいときはなかった。ゆいが生まれたために、宮古の
わたしたちも少しは変われるかもしれない。
連れはもっと明るくなるだろう。「明るく」と呟きながら、
わたしは年とともにどうなるのだろう。今はいい今はいいと思いながらも。

夜になってひとりになると、
小鳥たちが「カナシイー　カナシイー」と囀る。
そうか、そうかと呟きながら、
これは世代交代だ、あっという間に、青年から老人へ
わたしも　異界への旅路を歩む途中なのかもしれない。
でも、また深夜に星屑がふったら、明日も生きようとおもう。

寝不足の早朝は、まだまだ蒼い蒼いと独り言をいい、
北国はもう寒くなっているのだろうか。
北国でもきっと深夜には星屑がながれているだろう。
ツレは熟睡中で気づかないにちがいないが、
星屑はひとりで見るのがいいのかもしれない。

砂山

初夏
まだ明るい夕暮れ
人が途絶える
砂浜の蟹の穴からぼくは空を見上げる
気の早い星たちが　勢いよく飛び出してきて天空で嬌笑する
昔ヒトであったときぼくは空を見上げたことはなかった
薄闇で一番星は見つけたが

半透明に流れる星々は見なかったろう
この島では皆が空をみあげるがぼくは見上げたことはなかった　気がついたら
ぼくはヒトじゃなくなって人の途絶えた砂浜の蟹の穴から空を眺めている
島の人々は生まれたときからみんな自分の星をもっている
自分の星を見上げながら過ごし　その人が死ぬとその星が流れる
溺死した者たちの魂が一つ一つの星になりぼくを誘う
幼くして死んだ者の星が最初に流れ　次々と年の順にながれる
星が流れる度にひとの泣き声が聞こえる
幼児の声　少年の声　青年の声　そして老人の声
幼児の声はひときわ悲しい
ぼくの星はまだ現れないが　そのうちに流れるだろう

荒野になった街ではもはや空を見上げるヒトもいないだろう
短い生の軌跡は次々と流れる星となって天空で弧を描く
近くの離れ小島の家々にも灯りがつきだし
夏の闇はやっと傾きはじめる
じょじょに深まる闇に
昼間は臆病な海の生きものたちも　元気をとりもどし星明かりの下でびっしりと
隊列をなして動きまわる
海でドボリドボリと音をたてて銀色の鱗を輝かしているのはトビウオたち
ピコピコと会話をしながら群をなして悠然と泳いでいるのは鰹たち
さっきまでの静けさは海辺の生きものたちの活動で音楽に変わる
隣の島では夕になると子どもも大人もいっせいに海辺に集い　空を見上げる

この島でもみんな子どものときから自分の星をもっている
海の生きものたちも臆することなく自分たちの音楽を奏でる

午前三時にもなるとここ砂山の生きものたちは臆病だから　自分の巣穴に逃げ込む　蟹は砂を深く掘って　そこに入り　エビや魚は釣り人に捕まらないように沖へ沖へと逃げていく　またしばらくは静寂が続く　ぼくも逃げようとしたけど空を眺めているうちに　うっかりして軍配昼顔にひっかかってしまった　絶体絶命！　一時間苦しんだ末　ぼくの手が生え　両足が生え　頭や顔もできあがりやっともとのヒトに戻り　家路へ急ぐことになった　そのとき西の空に小さな一つの星が明滅し消えていった
母だった！

蛍男

夢のなかではわたしは若い女だった。闇の中でも路面は白く輝いていた。闇の果てへと続く細い一本の道を通ってわたしは男の部屋へ通う。わたしは、いえ彼女は道々考えながら歩く。今夜は彼と結ばれるという願いは叶うだろうか。わたしは、いえ彼女はせっくすが得意だからとおもいながら男の部屋へむかう。男は部屋で蛍を飼っている。男は寡黙で、三つの透明な容器を並べて、青い液体を左へ入れたり右に移し替えたりしている。黙々と。あたしも黙って見ている。男がやっと口を開く。「これは女の液をつくっているんだ」女のものは青くはなかったんじゃないのといいかけてそろそろあたしは、いえ彼女はもう待ちきれない。「蛍がこの世から消滅すると」（いまのうちに）「男も女も性器が退化するのさ」（いまのうちにあたしを）「蛍が消滅すると……」（いまのうちにあたしを抱いて）「蛍を女の性器で飼うと　女も男も甦るのさ」（いまのうちにあたしに入れて）跪いたままわたしは遠くの海鳴りをききながら、蛍男の声に耳をすます。蛍は鞘翅科目ホタル科昆虫の総称で小型あるいは中等大のやや長形の甲虫で、体は扁平で柔らかいものが多い。触覚は……海鳴りがだんだん大きくなり、近くに聞こえる。蛍男の声はだんだんかすんでとおくなる。あたしはもう聞いていない。すると「蛍は弱い虫だから女の性器で飼うのがいいのさ」と言ってあたしを抱き上げ横にする。そしてつぎつぎと蛍をあたしの性器に入れ込む。あたしはすこしむず痒くてイタイ。闇はますます濃くなる。いいと言ったのかいやと言ったのか。蛍男の手が伸びてきて、青い液体をあたしの股間にかける。虫たちが暴れてイタイ！　イタイ！。するとの男の芯が入ってくる。あたしはイタイ！　イタイ！　イタイノガスキと口走っていると、青黒い血液が噴き出す。あたしは血まみれになって失神してしまう。

翌深夜、小雨が降っている。キビ畑に挟まれたせまい道を歩いて、農家の廃屋に住む男を訪ねた。男は泣いていた。「蛍たちはみんな死んでしまった」「だからぼくも……」と言って立ち上がり、容器の中の青い液体を頭からかぶる。すると、男の体はたちまち溶けていき、足跡だけになってしまった。そのとき、一匹の蛍があたしの肩に止まり、窓から飛んで闇の中に消えていった。

翌朝目が覚めると、体がびっしょり濡れている。あれはほんとうに夢だったのだろうか。つづきを想い出してみる。「あたしは海へ行ったはずだ。蛍男が死んでしまったから、あたしも死のうと思って」

すっかり覚めてみると、惚けたように老いた男が横になっている。体の節々が痛みはじめる。夢の彼女と違う場所だろうか。それとも同じ場所だろうか。イタイ。夢遊病者のように起きあがり「海は遠くない」と何度も呟く。昨夜の夢がわたしの朝を食い破り始めて、わたしの心は虫食いだらけで、頭は白痴だ。今日一日を乗り越えればどうにかなるかもしれないとおもうが、どうにも弱気。今日は何か変だ。猫のトラは家に寄りつかないし、ツレは口さえ聞かない。蛍男がわたしを呼んでいる！（ような気がする）。青い液体の入った容器が目にちらつく。異界への道が近づいたのだろうか（嬉しい！）。急に老いる、急に老いると頷きながら。

一遍の詩を書くために

一遍の詩を書くために一日をふいにする。
午後はあの憶えにくいヨコ文字の喫茶店で
懐かしい井上陽水を聴きながらアイスコーヒーを飲んでいたかもしれない。
夜はカラオケで中島みゆきを歌っていたにちがいない。
朝はツレの畑でキャベツとほうれん草を収穫するはずだった。
一遍の詩を書くためになにもかもふいにしてしまう。
今朝はおんなになってたくさんの小魚を産む夢をみた。

海底の闇の岩場で産んだ魚たちはどこにいったのだろう。
ハッとして目が覚めたらツレが逆光を浴びて立っている。
「今日はどうするつもり？」
朝は畑に行くのか。
午後は同期のグランドゴルフのはず、夜は飲み会のはず。
しかし一遍の詩を書くために今日も一日をふいにする。
晩早く眠ったら、夢を見る。
洞穴から鳥たちがバタバタと飛び立ってきたかとおもうと
あっというまにつぎつぎと死んでしまう。
あの鳥たちもおんなになったぼくの子たちのはずだ。
早朝だというのに、星がひとつだけひときわ妖気に輝いている。

「あやうい」と呟きながら、またメールに向かう。
一遍の詩を書くために一生をふいにするのだろうか。
ぼくが産んだ海底の小魚たちはぼくの死を待っているとでもいうのか。
「詩を書くならレンアイをしなさいよ」とツレは笑う。
今日は午後から東平安名崎へ行き、荒れ狂う波を眺めているはずだった。
それから「砂山」に行き、「想い出以外は残さないで」の掲示板を横目でみて
霧のかかった伊良部島を眺めて、夫婦子連れの写真をとってやり
池間大橋を車で駆け抜け、かき氷を食べ、帰ったら昼寝を10分するはずだった。
一遍の詩を書くために今日も一日をふいにした。

今朝も女になって子猫を五匹産んだ。つぎつぎと死んで一匹だけが生き残る。見

る見る大きくなったトラは人語を聞き分けるようになった。魚と鳥と猫のハハになったはずだが、残ったのは猫のトラだけ。一パーセントの夢があればいい。ぼくも生きていけるはずだ。

今日はツレが東京に旅行に出かける日。

「切り干し大根は冷蔵庫、チンして食べて」「女は連れてこないで」「会うなら外であって」

ツレは三泊の旅行に出かけていった。（息子の住んでいる）杉並阿佐ヶ谷界隈を何度も歩いてくるからね。宮古空港から空とぶ箱に運ばれて三時間、羽田からモノレールで浜松町か。晩友人から電話がかかってくる。Kの店で会おう。久し振りじゃないか。この店には胸の綺麗な若い娘《こ》がいるよ。かならず来いよ。あ、と

言おうとすると電話は切れてしまう。ぼくはひとりごとを呟く。小魚と鳥と猫の
ハハだからぼくも女さ。
一遍の詩をかくために今日も一日をふいにする。

Ⅱ

朝の稲妻

朝の稲妻は不吉な予兆だとは
あなたの口癖だった
ある朝
稲妻が走ったとき
あなたは逝った

夢のなかだったのだろうか

さっき白い壁をくぐり抜けて
ここに来たのだが
また夢のなかで夢をみているのだろうか
ここは真っ暗
人っ子ひとりいない
ぼくはいったいどこにいるのだろう
不安もなく
むしろ安らぎさえ覚えるのだが
夢がひとつ消え
ふたつ消え

ぼくは覚醒したとおもったら
まだ夢のなからしい
周りがだんだん明るくなってくる
見知らぬ子どもたちもいる
独身の叔父もいる
おまえは向こうじゃろくなことをしなかったから
きっと不幸だったにちがいない
幸があるから　不幸がある
不幸があるから幸がある
ここは自由でいいところよ　とあなたがいう
大きく息を吸って

目を覚ましたら
外は朝の稲妻が走っていた
あなたの魂の閃光が……

束の間のストーカー

タクシーの後部座席に座り
道行く人々をぼんやり眺めていると
自分が悲しいストーカーにおもえてくる
体内にあるらしいわずか一滴の精液が
ぼくをいまだに狂わせる
さっき目にとびこんできた女の子は
何処からどこへ帰るんだろう

一人暮らしにちがいないと
物語をかってに創ってしまうのは
たしかにストーカーだ
「ツキマシタヨ」の声に
われにかえりいつもの善良な高齢者を演じてしまう
やがてぼくはスーパーの自動ドアに吸い込まれ
多数のなかのひとりのコンシューマーになる

生きる理由がまだみつからないぼくは
行き場のない哀しみをかかえて
昨夕海辺を歩いていた

すると突然　夕空が真っ赤な血の色にかわり
道行く人々の顔も血の色に染まる
三人連れの女の子が
向こうからやって来る
なかのひとりが顔を真っ赤にしながら
白い歯をみせてにいっと笑う
いつかの子だと挨拶をし　通り過ぎ
だんだんと遠くなって行く赤い長方形が
薄い点となって消えるまで
振り返り振り返り歩いて行く

物憂い朝

南島に雪？　と見まがうばかりに、雨に濡れた路面が陽に輝いている。いつの頃からか、このままどこまでも歩いていき、そのまま海に沈み、不帰の人となったらと言う妄想にかられながら歩いている。最果ての北国の凍てつく街路で倒れるのもいいだろう。

しばらく留守にするからねと言ってパリへ飛んで行った君の輝く表情を想いうかべながら、ぼくは何をするにも物憂い。長く生き過ぎた罰でこころが透明になったのか、まぶしい陽の光をサングラスでさえぎりながら独り言をいう。寒い白日夢をみているのはぼくひとりだろうか。しかしどこからともなく、現代の透谷は長生きなんだよねという若い女性の声が聞こえてくる。ぼくは考えることをしてこなかったから、もうアウトかそれともまだ間に合うか。ペシミズムとオプチミズムは単純なトートロジー。過剰な夢も苦労人のルーティーンに変わるのさ。だから誰もがやっているように橋ノナイ谷間ヲ渡レ。

かなしみの由来はあなたの魂の稲妻。ぼくもひとりだなどといいながら、微かな喪失感に浸っている。

十九世紀に生をうけ、一世紀を生き抜いたあなたは生きる流儀を持続した。地底の地獄火に焼かれながらも涼しく生きた。凡庸なる明治の母よ。もう剥き出しの深い悲しみは去ったが、今朝も物憂いかなしみがぼくを包みこむ。あなたのしじまがとおくから伝わってくる。

新年の挨拶

平成十五年一月三日、ＴＶがときどき暗くなるとそこに老人の冷めた貌が写っている。一瞬判断停止をして、連れ合いに話しかける。いつかも話し合ったように一日に数回は別々の時間を持とうね。いつも過剰に親愛さを求めるのはインテイミット・テロリズムを呼び込むから。アメリカ映画では中高年になっても男は女に、女は男にアイラヴユーと言っていた。これは脚本通りの建前に過ぎないさ、だからＤＶが起きるんだ。

いつから新年の挨拶をしなくなったんだろう……二人は。末っ子が思春期に入った頃、あなたは自分は自分なりでいいんだと思い決めたに違いない。

ぼくもまた……。あなたはいつも翼を持っている。上海・シンガポール・パリと、ぼくは地球儀をなぞりながら、あそこも輝く星屑が流れ落ちているのだろうかと思ったものさ。あなたはおみやげにパリから動脈硬化をもらってきたね。それもしばらくのあいださ。子どもたちも巣立った。あと残された二人に何が待っているだろう？

カザンミ

カザンミ　カザンミ　カザンミ
風の嶺ということだろうか
土地の人はカザンミと呼ぶ
林が多く農地ばかりである
ここは鬱蒼たる緑のイメージでいっぱいだ
たしかにここは不思議な土地だ
北隣の元の家主は自殺したというし

いまは若い葬儀屋が住んでいる
ぼくもいま一歩死にちかづいたということか

ぼくらはここで台風十四号に遭った
台風になると
遠い祖先の動物性の血が
蘇るのだろうか
ぼくは親の親又その親の親と
限りなく遡行して祖先のことをおもう

いつもはぼくを受け入れないいきみが

「血が　血が」と叫びながら
ぼくに抱きついてきた
ぼくらは新婚の時のように
肩を抱き合って眠った

翌朝　含羞の色を浮かべた
きみの輝く貌の一瞬をぼくは忘れないだろう
まだすこしは生きていける

しかし　ぼくの生はほんの一瞬にすぎない
早川義夫がうたった

「ぼくが死んだら葬式はせず　骨も灰にして捨ててほしい」
というのが理想だ

ぼくは世間の声にいつも疑問をもって
生きてきたから
かわいげのないやつだと自認している
そんなぼくが気の弱いことをいっても困るが
あと何年きみの笑顔を見ることができるだろう

カザンミ　カザンミ　カザンミ
ここは確かに不思議な里だ

今日もこの廃人の目に
緑濃き樹木の風景が歪んで映る

ケーキ一切れ

「一切れのケーキ」という言葉が彼地では
「たやすいこと」という意味になるらしい
ということを知ってから　ぼくは
心の弱さが招きよせる
対人関係の軋轢に陥るたび
ア・ピース・オヴ・ケークと自分に言い聞かせたものだ
昔々のはなしだが

失愛の痛みにたえかねたときも
ア・ピース・オヴ・ケークと内心つぶやいた
わが若き日は　このことばとともにあり
それは　未完の空白
中絶の遺書　わが怯懦の代名詞
しかしア・ピース・オヴ・ケーク　疼くものがある

ある晩　息子と泡盛を酌み交わし　談笑していたときのことだ
突然ギターをかかえて
彼が歌いだす
「きみもぼくも透明な存在だから

せめて蒼い月へと歩いていこう」
性と死の無意識の願望
心が凍る　疼くものがある
業深き父性のかなしみ
ついにア・ピース・オヴ・ケークは口をついて出てこない

最近　娘や息子が眩しく見える
ぼくを置き去りにし　前へ前へと進む
停滞するぼくは
ア・ピース・オヴ・ケークと呟く

ひとは死ぬと母親のもとへ帰るというが
老苦に苦しむ母は
「アンナー　アンナー……」と
自分の母親を呼ぶ
それを見ているぼくは
ついにア・ピース・オヴ・ケークは口をついて出てこない

雨の日の散歩

躁でもない　鬱でもない
ニュートラルな時と心を求めて
今日も散歩に出かける
突然の雨が銀色の帯となって
家路を急ぐ人々の肩を愛撫する
ああ！　みんな帰る家があるんだ　このぼくにも……？
さっきまでの小雨がどしゃ降りに変わり

ぼくはますます家から遠ざかる
躁の心と鬱の心を繰り返し
被虐的に心が浮き立つ
「いつかも」と呟く　遠い記憶の一シーンが鮮やかに甦る
母が台風《かぜ》に吹き飛ばされながら茅葺きの校舎まで向かえにきてくれたことがあっ
た
鈍と忍を貫き通して生きたあなたも逝った
仏壇のまえでブツブツ声で祈ることばも　もう聞けない
風雨がいちだんと強まって「インデスペンサブル、インデスペンサブル」と
彼地のことばが頭の中に鳴り響く
そうだったのだ！

あなたは水　インデスペンサブル
あなたは太陽《テダ》　インデスペンサブル
あなたは海　インデスペンサブル
あなたは大樹　インデスペンサブル

あれ以来ぼくの心の闇に一匹の魔物が棲みついて
「イキヨ、イキヨ、ジゴクヲイキヨ」と囁く
百年の歴史を残して母は逝った
ぼくもついに還りのいのちを歩み
最期のステージを生きて

確実に欠けていくものを確かめながら
今日も歩く

＊インデスペンサブル（必要不可欠な）

あとがき

少し身を入れて詩を書き出したのは、今年（二〇〇四年）六十六歳を過ぎてからのことである。それまでも、わたしの個人編集誌「らら」を出す度に、書いてはいたが、あまりにもナイーブでことばの一義性に頼りすぎていたようにおもう。今年は身を入れて書いたので、少しは力のこもった作品もあるのではないだろうか。

「嵐のまえぶれ」は昨年九月十一日の超大型台風の数日前の何とも言えない異様な恐怖感を、今年になってから想い出してそれに言葉を与えたものである。わたしを捉えた個人的な恐怖感と予感は、残念ながら的中した。相次ぐ台風の襲来である。この自然現象はその後つぎつぎと日本列島に猛威をふるったのはごく最近のことで、誰でも体験して知っていることである。この表題作は詩人の川口晴美さんと宮城正勝さんがとても喜んでくださった。

Ⅰに収めた数編の作品については川口さんより丁寧なアドバイスと励ましの言葉をいただいた。詩を書き始めたばかりの未熟なわたしにとっては得難い貴重な幸せな体験であったとおもう。心よりのお礼を申し上げたい。

Ⅰには今年書いた作品を、Ⅱには昨年までに書いた作品をおさめた。

高齢者になって詩を書く者を、人は余技に過ぎないと思われるかも知れないが、わたし自身は半身以上の力を傾注したつもりである。詩は誠意をこめなければ書けないものだということも学んだ。

超多忙のなか、オビ文を執筆していただいた芹沢俊介さん、表紙絵を描いていただいた比嘉加津夫さん、それに編集出版の労にあたった宮城正勝さんに深くお礼を申し上げる。

東風平　恵　典

東風平　恵典（こちんだ・けいてん）
1938年２月１日　宮古平良市生。宮古島在。『らら』主宰。

嵐のまえぶれ　東風平恵典詩集
2004年12月25日発行

著　者　東風平恵典

発行人　宮城正勝
発行所　（有）ボーダーインク
那覇市与儀226-3
電話098-835-2777
印刷所　でいご印刷